STORI
BRANWEN

Tegwyn Jones
Jac Jones

GOMER

Argraffiad Cyntaf — 1997

ISBN 1 85902 361 4

ⓗ testun: Tegwyn Jones
ⓗ lluniau: Jac Jones

Dymuna'r cyhoeddwyr gydnabod cymorth Adrannau Cyngor Llyfrau Cymru

Argraffwyd gan
Wasg Gomer, Llandysul, Ceredigion.

Roedd hi'n fore braf ac yn ôl ei harfer eisteddai'r ddrudwen fach ar gangen y goeden afalau agosa at Branwen.

'Bore da, ddrudwen fach,' meddai Branwen, gan estyn ei llaw'n dyner tuag ati. Hedfanodd yr aderyn o'r goeden a disgyn ar gefn ei llaw. Dechreuodd Branwen ganu'n ddistaw:

'Dywed imi, annwyl ddrudwen,
Pwy yw hoff aderyn Branwen?'

Tywysoges ieuanc Ynys y Cedyrn oedd Branwen, a byddai'r ddrudwen yn ei disgwyl bob bore yn y goeden afalau a safai gerllaw llys y brenin. Roedd Branwen wedi canu ei chân mor aml iddi nes bod y ddrudwen wedi ei dysgu, a byddai'n ei chanu'n ddistaw ar ôl y dywysoges ifanc.

Bendigeidfran, brawd Branwen, oedd brenin Ynys y Cedyrn, ac roedd yn ddyn tal a chadarn a chryf. Ond er ei fod yn gawr, cawr tyner a charedig oedd Bendigeidfran ac roedd Branwen yn hoff iawn ohono.

Roedd ef hefyd wedi dotio'n deg ar y ddrudwy, a byddai gwên fawr lydan ar ei wyneb bob amser pan fyddai Branwen yn canu ei chân, a'r ddrudwen yn ei chanu ar ei hôl.

Roedd brawd arall gan Branwen o'r enw Efnisien, ond doedd e ddim yn ddyn caredig o gwbl.

'Dysgu aderyn i ganu, wir!' meddai'n sbeitlyd. 'Am ddwli!' A byddai'n curo'i ddwylo er mwyn codi ofn ar y ddrudwen.

Un diwrnod, pan oedd Bendigeidfran a rhai o'i filwyr yn eistedd ar graig uchel uwchlaw'r môr, daeth llongau dieithr i'r golwg dros y gorwel. Anfonodd Bendigeidfran un o'i filwyr i holi pwy oedden nhw, a beth oedd eu neges.

'Matholwch, Brenin Iwerddon, a'i filwyr a'i feirch sydd yno,' meddai'r milwr pan ddaeth yn ei ôl. 'Mae wedi clywed am brydferthwch Branwen dy chwaer, ac y mae am ei phriodi, a mynd â hi'n ôl i Iwerddon a'i gwneud yn Frenhines yno.'

Cafodd Matholwch bob croeso gan Bendigeidfran, a'r noson honno y gwelodd Matholwch a Branwen ei gilydd am y tro cyntaf erioed.

'Tyrd,' meddai Matholwch, 'fe awn am dro ar lan y môr.' Ac i ffwrdd â'r ddau law yn llaw ar hyd y traeth. Ar ôl cerdded am beth amser, meddai Matholwch,

'Wnei di 'mhriodi i, Branwen, a dod i fyw gyda mi yn Iwerddon?'

Trodd Branwen ei phen i edrych ar y môr. Roedd yr haul wrth fachlud fel petai'n gosod llwybr o aur yr holl ffordd i Iwerddon o'r fan lle safai'r ddau.

'Gwnaf,' meddai dan wenu, 'ac fe ddof i fyw gyda thi yn Iwerddon.'

Ac ar y gair disgynnodd y ddrudwen fach ar ei hysgwydd, a dechrau canu'n dawel:

'Dywed imi, annwyl ddrudwen,

Pwy yw hoff aderyn Branwen?'

'Wel y brensiach annwyl!' gwaeddodd Matholwch, 'Aderyn yn canu geiriau! Does 'na ddim adar fel yna yn Iwerddon!'

Pan ddaeth dydd priodas Matholwch a Branwen, fe gafwyd gwledd yn Ynys y Cedyrn na welwyd ei thebyg o'r blaen. Bu canu a dawnsio a phawb yn hapus ac yn llawen.

Ond syllu'n surbwch ar yr holl firi a wnâi Efnisien. Roedd yn gas ganddo bob amser weld pobl yn mwynhau eu hunain.

'Arhoswch chi!' sibrydodd yn dawel, a gwên greulon ar ei wefusau main, 'fe fydd gennych chi lai o reswm i fod yn llawen yfory.'

Yn yr oriau mân, pan oedd pawb wedi mynd i orffwys, sleifiodd Efnisien yn llechwraidd i'r stabl lle cysgai meirch Matholwch, a chan dynnu cyllell finiog o'i wregys, torrodd glustiau a gweflau bob un ohonyn nhw.

'Rwy'n methu'n lân â deall hyn, Bendigeidfran,' meddai Matholwch pan welodd yr olwg druenus ar ei feirch drannoeth. 'Dyma ti wedi rhoi pob croeso i mi a'm milwyr i Ynys y Cedyrn, ac wedi rhoi Branwen dy chwaer yn wraig i mi, ac eto y mae aelod o'th lys wedi cam-drin fy meirch yn ofnadwy.'

Pan welodd Bendigeidfran y meirch roedd yn drist iawn.

'Ar fy mrawd creulon, Efnisien, mae'r bai am hyn,' meddai. 'Fe roddaf feirch eraill iti yn eu lle. Ac i wneud yn iawn am greulondeb Efnisien, rydw i am roi anrheg werthfawr arall iti.'

'Pa anrheg, Bendigeidfran?' holodd Matholwch.

'Pair mawr,' atebodd Bendigeidfran.

'Pair?' meddai Matholwch yn siomedig, 'ond y mae gen i sawl pair yn Iwerddon. Bydd fy morynion yn defnyddio rhai i goginio fy mwyd ynddyn nhw, a rhai eraill i olchi fy nillad . . .'

'Gwranda,' meddai Bendigeidfran, 'mae hwn yn bair arbennig. O hyn allan, pan fydd milwyr i ti yn cael eu lladd mewn brwydr, dim ond iti eu taflu i'r pair yma ac fe ddôn nhw allan yn fyw—er na fydd yr un ohonyn nhw'n gallu siarad gair byth wedyn. Ond fyddi di byth yn fyr o filwyr.'

Byth yn fyr o filwyr! Ni fedrai Matholwch gredu ei glustiau. 'Bydd y pair hud yn anrheg wych!' meddai. 'Diolch yn fawr, Bendigeidfran.'

Drannoeth hwyliodd Matholwch a Branwen am Iwerddon, a'u milwyr a'u meirch i'w canlyn mewn llu o longau.

A hwythau ar ganol y môr, clywodd Branwen aderyn yn canu ymhell uwch ei phen yn rhywle. Edrychodd i fyny, ac yno'n uchel, uchel ar un o raffau'r hwylbren, gwelodd y ddrudwen fach.

Roedd llys Matholwch yng nghanol gerddi prydferth a choed praff, ac yng nghornel pellaf un o'r gerddi roedd coeden afalau fawr. Yn honno y gwnaeth y ddrudwen ei chartref newydd, ac yno y byddai'n disgwyl am Branwen bob bore yn union fel yr arferai wneud yn Ynys y Cedyrn.

Ymhen rhai blynyddoedd ganwyd mab bach i Fatholwch a Branwen o'r enw Gwern, a bob dydd byddai Branwen yn mynd ag ef yn ei breichiau at y goeden afalau, ac yn canu ei chân i'r ddrudwen. Pan ddechreuodd Gwern siarad, fe ddysgodd yntau'r gân hefyd, ac weithiau byddai ef a'i fam a'r ddrudwen yn cael hwyl fawr yn canu gyda'i gilydd,

'Dywed imi, annwyl ddrudwen,
Pwy yw hoff aderyn Branwen?'
Dyddiau hapus i Branwen oedd y dyddiau hynny.

Ond roedd ambell un yn Iwerddon yn dal i gofio am greulondeb Efnisien i feirch y brenin, ac o dro i dro bydden nhw'n sibrwd yng nghlust Matholwch,

'Fe ddylet ti fod wedi lladd Efnisien yn y man a'r lle. Yn lle hynny fe briodest ti ei chwaer! Twt twt.'

'Fe ddylai Branwen gael ei chosbi,' fyddai geiriau un arall eto.

'Cosbi Branwen? Efnisien wnaeth y drwg i'r meirch, nid Branwen,' fyddai ateb Matholwch.

'Ond mae hi'n chwaer iddo,' fyddai'r ateb bob tro. 'Mae hi'n haeddu cosb. Cosba hi!'

O'r diwedd ildiodd Matholwch.

'Branwen!' meddai wrthi un diwrnod, 'fe fu dy frawd Efnisien yn greulon iawn wrth fy meirch i yn Ynys y Cedyrn, ond 'chafodd mo'i gosbi gan neb, ac y mae rhai o brif ddynion y deyrnas yma am i ti gael dy gosbi yn ei le.'

'Ond, Matholwch,' llefodd Branwen, 'nid fy mai i yw fod gen i frawd mor greulon . . .'

'Dyna ddigon,' meddai Matholwch. 'O hyn allan bydd raid i ti weithio'n galed bob dydd yn y gegin gyda'r morynion a'r cigydd. A bob bore bydd y cigydd yn dod atat ac yn rhoi ergyd i ti ar draws dy wyneb.'

'Ond, Matholwch . . .'

'Ewch â hi i'r gegin ar unwaith,' meddai wrth ei filwyr, a llusgwyd Branwen ymaith a'i thaflu i gegin fawr y llys.

Eisteddodd wrth ymyl y tân a chrio'n ddistaw bach. Daeth y cigydd i mewn a'i gweld yno. Gafaelodd yn dynn yn ei chlust a'i chodi ar ei thraed.

'Dos ymlaen â dy waith!' bloeddiodd, a chan ochneidio'n dawel dechreuodd Branwen gymysgu toes mewn dysgl fawr i wneud bara.

Yn y goeden afalau ym mhen pellaf un o erddi'r llys, roedd y ddrudwen fach yn methu â deall beth oedd wedi digwydd i Branwen. Bob bore disgwyliai amdani, ond ni fyddai hi na Gwern yn dod heibio i ganu gyda hi mwyach.

Yna un prynhawn, a hithau'n hiraethu am Branwen, clywodd y ddrudwen gân gyfarwydd iddi,

'Dywed imi, annwyl ddrudwen,
Pwy yw hoff aderyn Branwen?'

'O'r ffenest acw y daeth!' meddai'n llawn cyffro, a hedodd i mewn drwy'r ffenest agored a glanio ar ymyl dysgl Branwen! Dyna falch oedd y ddwy o weld ei gilydd! Ac o hynny allan bu'r ddrudwen fach yn ymweld â Branwen bob dydd.

'Rwyt ti'n werth y byd, ddrudwen fach,' meddai Branwen wrthi, 'wn i ddim beth wnawn i heb dy gwmni di.'

Aeth tair blynedd hir heibio, ond roedd cosb Branwen yn para o hyd.

'Petai Bendigeidfran fy mrawd yn gwybod am hyn,' meddyliodd yn uchel rhyw ddiwrnod, 'byddai fawr o dro cyn dod i'm gollwng yn rhydd.'

Yn sydyn dechreuodd y ddrudwen guro'i hadenydd nes codi cwmwl o flawd gwyn o'i chwmpas.

'Be sy, 'deryn bach?' meddai Branwen, gan syllu arni. Ac yna am y tro cyntaf ers amser hir lledodd gwên dros ei hwyneb.

'Wrth gwrs!' meddai. 'Fe allet ti fynd â neges i Bendigeidfran! Fe allet ti hedfan dros y môr i Ynys y Cedyrn.'

Ysgrifennodd Branwen lythyr at ei brawd, a chlymodd ef wrth goes y ddrudwen.

'Dyna ti,' meddai, 'dos i Ynys y Cedyrn, a rho hwn i Bendigeidfran.'

Ac i ffwrdd â'r ddrudwen drwy'r ffenest. Gwyliodd Branwen hi'n mynd nes ei bod yn smotyn bach, bach yn y pellter. Yna diflannodd o'i golwg.

Doedd dod o hyd i Bendigeidfran yn fawr o gamp mewn gwirionedd, oherwydd ef oedd y dyn talaf a chryfaf yn y deyrnas i gyd, ac roedd yn hawdd iawn ei weld o bell. Daeth y ddrudwen o hyd iddo yn ymyl ei lys, a disgynnodd ar ei ysgwydd a dechrau canu'n ddistaw yn ei glust:

'Dywed imi, annwyl ddrudwen,

Pwy yw hoff aderyn Branwen?'

Trodd Bendigeidfran ei ben mewn syndod.

'Bendith ar fy marf!' meddai. 'Drudwen fy chwaer! Beth yw dy neges di yma?'

Gwelodd y llythyr, a datododd ef yn ofalus, a'i ddarllen.

'Ddynion!' meddai wrth ei filwyr, 'Mae Branwen yn dioddef cosb greulon yn Iwerddon. Paratowch longau a meirch ar unwaith, ac awn i Iwerddon i'w hachub!'

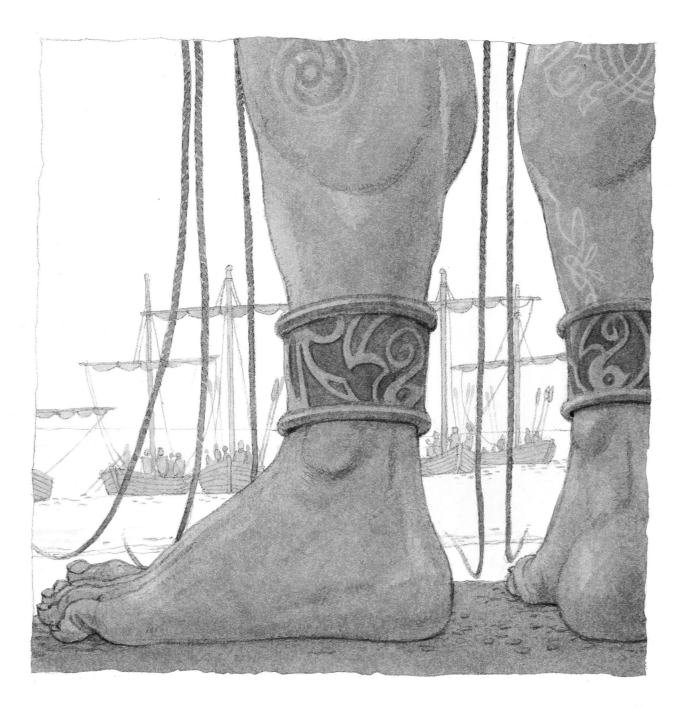

Yn Iwerddon roedd rhai o weision Matholwch yn gofalu am ei foch pan welsant rywbeth rhyfedd iawn yn dod tuag atyn nhw ar y môr. Rhedodd rhai ohonyn nhw i ddweud wrth y brenin.

'Matholwch!' gwaeddodd un, 'ryden ni newydd weld coedwig ar y môr! A doedd 'na'r un yno o'r blaen.'

'Ac yng nghanol y goedwig mae 'na fynydd uchel,' meddai un arall, a chraig yn ei ganol, ac o bob ochr i'r graig mae dau lyn mawr.'

'Ac y mae'r cyfan yn symud tuag atom ni!' llefodd y gwas cyntaf eto.

'O ba gyfeiriad y daw'r pethau rhyfedd hyn?' holodd Matholwch.

'O gyfeiriad Ynys y Cedyrn, Arglwydd,' oedd yr ateb. 'O! Be wnawn ni?'

'Ewch i'r gegin ar unwaith i chwilio am Branwen,' gorchmynnodd Matholwch. 'Merch o Ynys y Cedyrn yw hi. Efallai y bydd hi'n gwybod beth yw'r pethau rhyfedd hyn sydd ar y môr.'

'Da iawn, fy nrudwen fach!' meddai Branwen pan glywodd yr hanes, a churodd ei dwylo, 'fe lwyddest ti i fynd â'r neges i Bendigeidfran!'

'Drudwen? Pa ddrudwen?' meddai'r gweision mewn penbleth.

'Na hidiwch,' meddai Branwen, 'ond gwrandewch! Nid coedwig a welsoch chi'n teithio ar y môr o Ynys y Cedyrn, ond hwylbrenni llongau.'

'Llongau?' meddai'r gweision, 'llongau pwy?'

'Llongau Bendigeidfran fy mrawd, ac y mae'n dod yma i'm hachub i.'

'Ond y mynydd a'r graig a'r ddau lyn?'

'Mae Bendigeidfran yn rhy dal a chryf i fynd ar fwrdd llong,' esboniodd Branwen. 'Cerdded drwy'r môr y bydd ef bob amser. Pen Bendigeidfran yw'r mynydd a welsoch chi, ei drwyn yw'r graig, a'u ddau lygad yw'r llynnoedd bob ochr.'

Pan adroddodd y gweision eiriau Branwen wrth Matholwch, daeth ofn mawr drosto.

'Mae Bendigeidfran a'i filwyr wedi dod yma i ddial arnom am i ni fod yn gas wrth Branwen,' meddai. 'Dowch! Dowch i ni ffoi i'r mynyddoedd cyn i'w longau lanio.'

Carlamodd Matholwch a'i filwyr ar gefn eu meirch tua'r mynyddoedd o olwg Bendigeidfran a'i filwyr yntau.

'Wedi i ni groesi Afon Llinon,' meddai Matholwch, 'fe dorrwn ni'r bont, a bydd dim modd iddyn nhw groesi ar ein hôl wedyn.'

Wedi i filwyr Matholwch groesi'r bont, llusgwyd hi o'i lle gan feirch cryfion, a syrthiodd yn ddarnau i ddyfnder yr afon.

Erbyn i Bendigeidfran a'i fyddin gyrraedd y lan arall roedd y dŵr wedi sgubo prennau'r bont i ffwrdd.

'Does dim gobaith dal Matholwch bellach,' meddai'r milwyr wrth ei gilydd. 'Chroeswn ni byth mo'r afon ddofn yma heb bont.'

'Fe gawn ni weld am hynny,' meddai'r cawr Bendigeidfran. 'A fo ben bid bont. Fi yw eich pennaeth, fe fyddaf yn bont i chi hefyd.'

A gorweddodd ar draws Afon Llinon, o lan i lan, ac fel hynny ar hyd cefn Bendigeidfran y croesodd ei filwyr i'r ochr draw.

Gwelodd Matholwch na allai ddianc rhag Bendigeidfran.

'Dos at Bendigeidfran,' meddai wrth un o'i filwyr, 'a dwed wrtho na chaiff Branwen ei chosbi mwyach. Ac i'w blesio ef, fe gaiff Gwern, ein mab, fod yn Frenin Iwerddon yn fy lle i.'

'Syniad ardderchog!' meddai Bendigeidfran pan glywodd neges Matholwch, 'Branwen i'w rhyddhau, a'i mab bach, a'm nai innau, i'w goroni'n Frenin Iwerddon. Dyna newyddion sy'n fy mhlesio i'n fawr.'

Y noson honno cafwyd gwledd mewn neuadd fawr i ddathlu fod pob un yn ffrindiau unwaith eto, a dechreuodd pawb ddawnsio a chanu a mwynhau eu hunain. A neb yn fwy na'r ddrudwen fach a oedd wedi teithio'n ôl i Iwerddon gyda milwyr Bendigeidfran. Swatiai ar silff ffenest uchel yn edrych i lawr ar y dyrfa hapus yn y neuadd oddi tani, a milwyr Ynys y Cedyrn a milwyr Iwerddon yn canu ac yn chwerthin gyda'i gilydd.

Ond roedd un yno nad oedd yn mwynhau ei hun o gwbl, am na allai ddioddef gweld pobl yn hapus. Efnisien greulon oedd y gŵr surbwch, Efnisien a arferai guro 'i ddwylo i godi ofn ar y ddrudwen slawer dydd, Efnisien a wnaeth y fath niwed i feirch Matholwch. Syllodd yn fileinig o'i gwmpas.

'Mae'n gas gen i'r Matholwch yna,' ysgyrnygodd wrtho'i hun, 'ac mae'n gas gen i Branwen am fod mor ffôl â'i briodi. Merch wirion yn moedro'i phen byth a hefyd efo rhyw aderyn! Mi ro i ben ar eu miri nhw y munud 'ma.'

Croesodd lawr y neuadd at y fan lle roedd Gwern yn eistedd, a chan afael yn y brenin ifanc gerfydd ei goesau, lluchiodd ef i ganol y tân mawr yng nghornel yr ystafell.

Wrth weld eu brenin ifanc yn y fflamau gafaelodd milwyr Matholwch yn eu cleddyfau, ac aeth yn frwydr rhyngddyn nhw a milwyr Bendigeidfran.

Cafodd llawer eu lladd ar y ddwy ochr, ond roedd gan Matholwch y pair hud hwnnw a gafodd yn anrheg yn Ynys y Cedyrn. Pan fyddai un o'i filwyr yn cael ei ladd, byddai dau filwr arall yn ei daflu i'r pair, ac mewn chwinciad neidiai allan yn fyw ac yn iach ac yn barod i ymladd eto, er na allai siarad yr un gair wedyn.

'Wnawn ni byth ennill y frwydr yma,' meddai Bendigeidfran, 'oni all rhywun ddinistrio'r pair ar unwaith!'

Clywodd Efnisien eiriau ei frawd, ac wrth edrych ar filwyr Ynys y Cedyrn a oedd wedi eu lladd o'i gwmpas ym mhob man, teimlodd yn drist iawn. 'Gwae fi!' meddai. 'Arna i mae'r bai am hyn i gyd. Mae'n rhaid dinistrio'r pair hud 'na, neu bydd milwyr Matholwch yn ein lladd ni i gyd.' Gorweddodd yn ymyl y pair ac esgus ei fod wedi marw, a chyn bo hir daeth dau o filwyr Matholwch heibio a'i daflu i mewn iddo, gan feddwl ei fod yn un ohonyn nhw. Ar unwaith dyma Efnisien yn ymestyn ei freichiau a'i goesau yn erbyn ochrau'r pair nes craciodd hwnnw a thorri'n bedwar darn. Torrodd calon Efnisien hefyd yn yr ymdrech a bu farw.

Ond roedd yn rhy hwyr.

Lladdwyd Bendigeidfran hefyd yn y frwydr, ac o'r fyddin a ddaeth
i Iwerddon i achub Branwen dim ond saith milwr
oedd ar ôl.

'Awn yn ôl i Ynys y Cedyrn,' medden nhw wrth ei gilydd yn ddigalon, 'a gadawn Iwerddon am byth.'

Hwyliodd y saith, a Branwen gyda hwy, a'r ddrudwen fach yn swatio ar ei hysgwydd yr holl ffordd.

Trist iawn oedd Branwen wrth ddod yn ôl i Fôn. Edrychodd draw ar fryniau Iwerddon yn y pellter a meddyliodd am ei chosb yno, am y gegin ddiflas a'r cigydd creulon. Meddyliodd am ei mab bach Gwern a daflwyd i ganol y fflamau, am ei brawd Bendigeidfran na ddaeth yn ôl i Ynys y Cedyrn, ac am yr holl filwyr a laddwyd wrth geisio ei hachub.

'Ac roedd y cyfan i gyd o'm hachos i,' meddai wrthi'i hun yn drist. Plygodd ei phen ac wylodd, a thorrodd ei chalon.

Mae bedd Branwen i'w weld hyd heddiw ar lan Afon Alaw ym Môn, ac weithiau daw drudwen fach ato a sefyll ar frigyn gerllaw, a'i phen ar dro.
Ac os gwrandewch yn ofalus, mae'n bosib y clywch hi'n canu'n ddistaw bach,
> 'Dywed imi, annwyl ddrudwen,
> Pwy yw hoff aderyn Branwen?'